FLORE
JULES
ZOÉ
CHARLÉLIE
APOLLINE
DIANE
MARTIN

24-32, rue des Amandiers, 75020 Paris — France

Mise en pages intérieure : Éloïse Jensen
Correction : Catherine Rigal

Loi n° 49-956 du 16 juillet 1949 sur les publications destinées à la jeunesse, modifiée par la loi n° 2011-525 du 17 mai 2011.
Dépôt légal : août 2021. ISSN : 2610-2900. Imprimé en Serbie.

Produit conçu et fabriqué sous système de management de la qualité certifié AFAQ ISO 9001.

FSC www.fsc.org MIXTE Papier issu de sources responsables FSC® C117682

BIENVENUE au Poney Club

La blessure

Écrit par Sophie Noël
Illustré par Célia Nilès

AUZOU romans Premiers pas

1 Qui sera le meilleur ?

Au haras des Sabots d'or, Biscuit et ses amis viennent d'arriver dans la carrière pour une nouvelle leçon d'équitation. Leurs jeunes cavaliers sur le dos, ils marchent les uns derrière les autres. Aujourd'hui, c'est Jules qui monte Biscuit.

Le soleil brille et tout le monde est de bonne humeur !

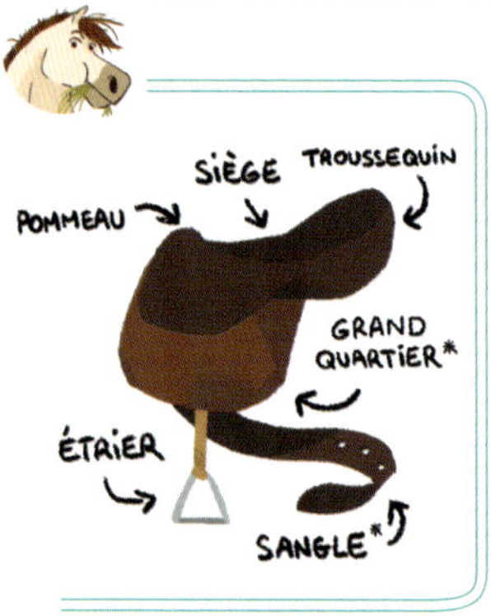

Flore, la monitrice, demande aux enfants de sangler* leurs selles. Ce n'est pas si facile, car les jeunes cavaliers doivent tenir les rênes d'une main, avancer la jambe gauche devant la selle, relever le grand quartier* et tirer sur la sangle pour la resserrer.

— Aïe aïe aïe ! fait Biscuit qui déteste ce moment. J'ai l'impression qu'on me coupe en deux !

— Arrête, Biscuit, dit Hirondelle. Tu sais bien que si nos cavaliers ne nous sanglent pas, la selle risque de tourner et ils peuvent tomber.

— Et puis ça ne fait pas si mal que ça, quand on est assez musclé, ajoute Diabolo d'un air moqueur.

— Qu'est-ce que tu veux dire ? se fâche Biscuit. Que je ne suis pas assez musclé ? Moi ? Super-Biscuit ? Le plus grand sportif de ce haras ?

Les autres poneys se mettent à rire : avec toutes les carottes et les bonbons qu'il mange, Biscuit a pris un peu de ventre, ces derniers temps !

— Pour un grand sportif, tu devrais manger moins de friandises, remarque Clair de Lune dont la jolie crinière blanche brille au soleil.

— N'importe quoi ! Je vais vous prouver que je suis toujours aussi fort, clame le jeune poney.

Il démarre aussitôt à vive allure, passant devant les autres.

— Eh ! s'exclame Jules sur son dos. Doucement, Biscuit ! On ne fait pas la course !

Mais le poney n'écoute pas. Il continue sur sa lancée, pour montrer à ses copains qu'il est le meilleur et le plus musclé. Diabolo et Noisette,

* Pour nous, les chevaux, on ne dit pas « pattes », mais **« membres »** ou **« jambes »**.

qui se sont pris au jeu, tentent de rivaliser avec Biscuit. C'est à celui qui ira le plus vite, qui lèvera les membres* le plus haut, qui galopera le plus longtemps.

Biscuit, qui est très fier, décide de ne pas céder. Et, malgré les remarques de Jules et les ordres de Flore, il n'en fait qu'à sa tête…

À la fin de l'heure, le poney n'a pas ménagé ses efforts. Il a fait toutes les activités à fond, sans s'arrêter, sans faire de pause, sans ralentir, contrairement aux autres qui ont tous repris leur souffle entre les exercices.

Mais alors que Jules le ramène à son box, Biscuit ressent une douleur à l'arrière de son pied.

« Oh, ce n'est rien, se dit-il, ça prouve juste que j'ai bien travaillé. »

2 La blessure

Jules, qui bouchonne* Biscuit avec de la paille, s'aperçoit soudain que le poney ne pose plus son pied gauche par terre.

* Ça, j'adore! C'est comme un massage et ça fait tomber la poussière.

— Les copains, venez voir ! Biscuit est bizarre !

Les autres enfants se précipitent.

— Il ne fait jamais ça, explique Diane, qui a l'habitude de monter ce poney. On dirait qu'il a mal.

Zoé, qui aimerait être vétérinaire plus tard, se penche vers le pied de Biscuit :

— Oooh ! C'est chaud et un peu gonflé ! C'est pas normal !

— Il faudrait peut-être le dire à Flore ? s'inquiète Martin.

Les enfants courent prévenir la monitrice, pendant que Jules reste près du poney et le caresse.

— Qu'est-ce qu'il t'arrive, Biscuit ? demande Hirondelle.

Biscuit ne répond pas. La douleur de son pied s'aggrave de plus en plus. Mais il ne veut pas le montrer, il est beaucoup trop fier.

Flore et les enfants reviennent dans l'écurie en courant.

— Regarde ! montre Diane bouleversée. Il a l'air d'avoir très mal.

— Eh bien, Biscuit ? demande Flore, inquiète. Montre-moi ça, tu veux bien ?

Le poney accepte.

— Tu avais raison, Zoé, c'est gonflé et tout chaud ! Pauvre bonhomme, il doit souffrir ! Nous allons lui mettre une pommade apaisante et demain, j'appellerai le vétérinaire !

Le vétérinaire, s'affole Biscuit, celui qui fait des piqûres ! Oh là là ! Mais s'il veut se débarrasser de cette douleur, le poney n'a plus le choix : il faudra bien qu'il accepte de le voir.

Les enfants aident la monitrice à mettre la pommade et à entourer une bande autour de son pied.

Jules et Diane restent un instant à lui faire des caresses. Puis vient le temps pour les petits cavaliers de rentrer chez eux, et Biscuit se sent tout seul, d'un coup. Mais les copains sont là.

— Tu verras, ça ira mieux demain, affirme Diabolo.

— Oui, ils vont tout faire pour te guérir. Ne t'en fais pas, lui promet Clair de Lune.

Biscuit, inquiet, n'arrive pas à se détendre. Puis il finit tout de même par s'endormir, bercé par les ronflements de ses copains qui dorment déjà.

HiRONDELLE
LUTIN
DiAB

3 Le vétérinaire

Au petit matin, les poneys se réveillent au moment où Paul, le vétérinaire, pénètre dans l'écurie.

Tous les copains se mettent à leur porte pour encourager Biscuit.

— Tu vas voir, ça se passera bien, fait Noisette.

Biscuit, lui, jette un œil inquiet vers la mallette dans laquelle se trouvent sûrement les piqûres. Aïe aïe aïe !

— Bonjour, Biscuit, dit le vétérinaire en lui caressant l'encolure. Voyons voir cette vilaine blessure.

Il se baisse, tâte le pied du poney, le soulève, regarde attentivement. Biscuit se laisse faire, même s'il est anxieux.

Au même instant, les enfants entrent car c'est l'heure de la leçon*. Il est temps de préparer leurs montures**. Mais avant cela,

* La leçon d'équitation s'appelle aussi une **reprise**.
** Les **montures**, c'est un autre nom plus compliqué pour dire « poney » !

ils se pressent autour du vétérinaire pour regarder ce qu'il fait.

— Laissez Paul soigner Biscuit, intervient Flore. Allez vite préparer vos poneys !

— Mais on veut savoir si Biscuit va bien, dit Jules.

— Ne vous inquiétez pas, répond le vétérinaire, ce n'est pas méchant. C'est une belle entaille, mais sans gravité. Biscuit a dû se donner un coup avec son autre pied en allant trop vite…

— Je suis sûr qu'il s'est fait ça hier, explique Jules. C'est moi qui le montais, et j'ai trouvé qu'il était très énervé pendant la reprise. Impossible de le calmer !

— Mais ce n'est pas ta faute, le rassure Flore. C'est Biscuit qui n'a pas bien géré son effort.

— Et il sera guéri dans deux ou trois jours, précise Paul. Vous aiderez Flore à lui mettre du désinfectant et de la crème ?

— Oh, oui ! s'écrient tous les enfants à la fois.

À la grande surprise de Biscuit, le vétérinaire sort de son box sans rien faire d'autre.

Biscuit se tourne alors vers les poneys, tout content.

— Pas de piqûres, les amis ! Et deux ou trois jours sans travailler ! Ça, c'est chouette !

Ce qui est moins chouette, c'est que Biscuit se retrouve seul dans les écuries quand ses amis et leurs petits cavaliers partent vers la carrière pour la leçon.

Biscuit est triste : au loin, il entend les consignes de Flore, les rires des enfants et les pas de ses amis dans la carrière.

Pfff, quel ennui !

— Oh là là ! Ces trois jours vont être longs, se plaint-il tout bas. En fait, c'est vraiment nul, d'être blessé !

4 Toujours une star !

Quand les poneys et leurs cavaliers rentrent à l'écurie, Biscuit fait sa mauvaise tête.

— Qu'est-ce qu'il t'arrive ? s'étonne Lutin.

— Vous vous êtes bien amusés sans moi, on dirait, ronchonne le poney.

— Mais on s'amuse toujours bien dans la carrière avec les enfants, rappelle Hirondelle.

— Et plus personne ne pense à moi, alors que je suis un grand blessé.

— Un grand blessé ? Faut peut-être pas exagérer ! rigole Noisette.

Pendant ce temps, les jeunes cavaliers finissent de s'occuper de leurs poneys : ils enlèvent la selle, le filet, les bouchonnent énergiquement et nettoient leurs pieds. Biscuit se dit qu'il aimerait bien qu'on lui fasse des chatouilles sur le ventre, comme

Diane a l'habitude de faire quand elle le monte.

« Tout le monde m'abandonne » pense-t-il avec chagrin.

Aussi, quand les enfants ont terminé, quelle n'est pas sa surprise de les voir tous entrer dans son box :

— Biscuit ! Biscuit ! s'écrient-ils en même temps. On ne t'oublie pas !

— Tu restes mon poney préféré, fait Diane avec tendresse. Tiens, je t'ai apporté des carottes, pour te consoler.

Biscuit, du coup, retrouve sa bonne humeur :

— Carottes ? Quelqu'un a parlé de carottes ?

— Dis donc, Biscuit, tu ne devais pas manger moins de friandises pour rester sportif ? lui rappelle Lutin.

— Oui ! Et puis il faut en laisser aux copains, aussi, proteste Diabolo.

Bien sûr, les enfants distribuent des carottes à tous les poneys.

Biscuit croque avec gourmandise dans la sienne.

— Oui ! Mais moi, en tant que *grand blessé*, répond-il à ses amis en riant, j'ai droit à une double dose !

— Vous voyez, s'amuse Clair de Lune, même blessé, Biscuit, c'est une vraie star !

Table des matières

Un petit mot de l'autrice et de l'illustratrice

Petite, j'ai toujours été fascinée par les poneys et les chevaux : je montais dessus, bien sûr, mais je les regardais aussi, les caressais, leur donnais des carottes et leur faisais des bisous. Le poney club, c'était ma deuxième maison, et si j'avais pu dormir avec les poneys, je l'aurais fait !

J'ai grandi, et j'ai gardé cette passion pour les chevaux. Tellement que mes deux filles sont devenues passionnées à leur tour ! Et dans leur centre équestre, devine comment s'appellent leurs poneys ? Diabolo, Clair de Lune, Hirondelle, Lutin, Noisette et… Biscuit ! Ca te rappelle quelque chose ? ☺

Sophie Noël

Si je vous disais, que je n'avais jamais dessiné un cheval jusqu'à ce jour, est-ce que cela vous surprendrait ? Car moi oui ! J'ai plutôt l'habitude des félins, mais là il fallait dresser un tout autre type d'animal ! Ce livre a été ma propre leçon d'équitation, apprendre à apprivoiser ces étalons sur le papier, pas une mince affaire car il faut du temps pour les comprendre. Et je ressors comblée de cette leçon !

Célia Nilès

BIENVENUE au Poney Club